ye   २६२१७

ODE

SUR

LA GUERRE MARITIME

ET LES DEUX

GUERRES CONTINENTALES.

C.

ODE

SUR

LA GUERRE MARITIME

ET LES DEUX

GUERRES CONTINENTALES;

PAR M. LE MOYNE.

A PARIS,

CHEZ LES MARCHANDS DE NOUVEAUTÉS.

DE L'IMPRIMERIE DE DIDOT JEUNE.

M DCCC XIII.

ODE

SUR

LA GUERRE MARITIME

ET LES DEUX

GUERRES CONTINENTALES.

« Tremble, vaste cité qui regorges de crimes !
« Rends l'or du monde entier qu'en tes murs tu comprimes,
« Et cesse de fumer du sang des nations !
« J'entends, j'entends des chars siffler la roue en flamme !
  « Et le coursier proclame
« Les combats où, des rois, courent les légions.

« Déjà les fronts d'airain, les lances resplendissent :
« Que de guerriers percés ! quels flots de sang jaillissent !
« Qui ranime des dards le courroux expirant ?
« C'est moi, lâche cité, dit le dieu des batailles ;
  « Bientôt sur tes murailles
« Bondiront les troupeaux du pâtre indifférent.

« Surpasses-tu d'**Ammon** le séjour magnifique ?
« Enrichi par la mer, défendu par l'Afrique,
« L'onde l'environnait de remparts écumans :
« Sur son peuple ont pesé des chaînes accablantes ;
  « Sur les mères sanglantes
« La pierre y fit jaillir le crâne des enfans.

« Dieu soufflera sur toi le feu de sa colère,
« Et la terre verra ton peuple sanguinaire
« Implorer l'ennemi qu'il n'a pu déchirer.
« Calcule les trésors que te versent tes voiles ;
  « La nuit a moins d'étoiles.....
« Le jour vengeur se lève et va les dévorer.

« Aux yeux de l'Univers ta détresse est visible ;
« Ta plaie, en découvrant sa profondeur horrible,
« Fait reculer tes fils, pâles et frémissans.
« Comme il n'est point de lieu qu'ait épargné ta rage,
  « Partout sur ton naufrage
« Les cieux retentiront de cris applaudissans [1]. »

Du juge inévitable un terrible ministre
Épouvantait Ninive, avec sa voix sinistre,
De cet arrêt de mort lancé du firmament.
La justice de Dieu, Londre, est invariable ;
  Dans cet acte effroyable
Si tu lis tes fureurs, tu lis ton châtiment.

---

[1] Nahum, chap. 3.

Le nombre de tes mâts que ton orgueil étale
Ne te garantit point des coups de ta rivale.
Carthage aussi de mâts hérissait tous les flots ;
Mais Scipion parut avec l'aigle italique,
  Et, foudroyant l'Afrique,
Écrasa sous leurs murs ces riches matelots.

Sur d'innombrables nefs défiant la Fortune,
Xercès aussi de fers osa charger Neptune ;
Mais ces fers sont tombés devant quelques héros,
Et l'Hellespont vit fuir sur une frêle barque
  Le superbe monarque
Qui fit sous des forêts disparaître ses flots.

Peuple, dont les fureurs bravent tant de provinces,
Ne te souvient-il plus qu'un vassal de nos princes
Fondit sur ton rivage avec nos chevaliers,
Sous ses pieds triomphans foula ton roi livide,
  Et d'un essor rapide
S'élança sur ton trône à travers les lauriers ?

Depuis, humiliant ton audace insolente,
Le terrible Jean Bart te glaça d'épouvante ;
Duquesne vogua roi de l'humide élément ;
Duguay-Trouin cent fois a vaincu sur ta rive,
  Et dans l'Inde captive
Suffren de ta grandeur sapa le fondement.

O combien gémiraient leurs ombres triomphantes,
Si leurs indignes fils, sur des rives puissantes,
Devant le joug anglais courbaient un lâche front !
Si pour tous les États qu'embrasse l'œil du monde
    Dieu fit bouillonner l'onde,
Albion, ton empire est pour tous un affront.

Plus nombreux que les rois commandés par Atride,
Les princes que le Rhin unit sous notre égide
Suivent pour ta ruine un autre roi des rois.
L'Helvétien sur toi du haut des monts s'élance,
    L'Italie et la France
Frappent d'énormes coups tes despotiques lois.

Que la perfide paix que l'Anglais te présente
Toujours, sage Danois, t'inspire l'épouvante.
C'est au sein de la paix qu'il ravit tes vaisseaux,
Et lança sur tes murs la flamme détestée
    Que, nouveau Prométhée,
Il venait d'arracher aux gouffres infernaux.

Avec l'aigle français l'aigle germain s'avance :
Leur auguste hyménée atteste qu'à la France
La Gloire a promis plus qu'un tribut viager.
Voit-on du Dieu tonnant le ministre intrépide
    Créer l'oiseau timide
Qui des tendres Amours guide le char léger ?

Jeune roi descendu de leurs races divines,
Toi dont l'aile naissante ombrage sept collines,
Comme eux tu t'armeras du tonnerre éclatant.
En plaçant ton berceau sur la ville éternelle,
     Le Destin nous révèle
Les siècles réservés au trône qui t'attend.

Mais quel géant se lève au fond des mers lointaines?
De son immense terre il foule aux pieds les chaînes,
Et jure à l'Océan de rompre aussi ses fers.
Le Nouveau-Monde enfin, par un élan sublime,
     Au travers de l'abîme
Tend la main pour s'unir à l'antique Univers.

L'Anglais s'est écrié : « Système salutaire
« Qu'enfanta la terreur d'un trône imaginaire,
« Au vrai trône des mers viens servir de rempart !
« Que l'Europe aveuglée, affaiblissant la France
     « Pour ta vaine balance,
« Tombe enfin sous les pieds de l'heureux léopard ! »

Bientôt des rois, émus de craintes ridicules,
Du bouclier, du glaive arment leurs mains crédules,
Et contre leurs vengeurs protégent leurs tyrans,
L'Anglais, qui sur les mers leur commande l'hommage,
     Les lie à son rivage,
Et cerne l'Univers de ses remparts flottans !

Alliés d'Albion, où plutôt ses victimes,
Déchaînez contre nous vos fureurs unanimes,
Nous saurons repousser leur impuissant assaut ;
Formez d'affreux projets, nous saurons les confondre ;
      Nul ne peut sauver Londre,
Son arrêt est parti de la main du Très-Haut.

Cinq fois l'Europe, armant les plus grands de ses princes,
Et déjà partageant nos superbes provinces,
Voulut sur nos guérets vomir ses bataillons ;
Mais l'Europe cinq fois sous le char des batailles
      Vit tomber ses murailles,
Et ses guerriers sanglans dorment dans ses sillons.

Salut, champs d'Austerlitz ! salut, plaines fameuses !
Où notre aigle abattit deux aigles belliqueuses
Qu'opposait l'Angleterre à son puissant courroux.
Et toi, lac où l'Hiver soutenait une armée !
      Tu la vis abîmée
Quand le bronze tonnant t'entr'ouvrit sous ses coups.

Déjà de ce grand jour renouvelant la gloire,
La France a fait voler le char de la victoire
Vers la sphère glacée où rugissent les ours.
Nos foudres, franchissant ces immenses espaces,
      Ont démoli les masses
De ces soldats pareils à d'immobiles tours.

Devant nos légions renversant leurs murailles ;
Et de leur vaste empire arrachant les entrailles,
Ils rentrent dans la nuit de ces siècles affreux
Où leurs peuples, cachés dans des forêts sauvages,
   Erraient sur des rivages
Qui du flambeau des arts repoussaient tous les feux.

Tel qu'un fleuve fougueux, qu'indigne l'esclavage,
Entraîne en mugissant la digue qui l'outrage,
Tel s'élance Elchingen ou Mars environné.
Il a heurté, rompu les bataillons barbares,
   Et les hideux Tartares
Ont vu leur dernier rang par son fer moissonné.

Autrefois, de son lit parricide, adultère,
Une femme perfide [1] enleva la barrière
Qu'opposait le Sarmate aux Scythes vagabonds :
Mais César la relève ; et ses mains souveraines
   Aux portes de nos plaines
Placent, le glaive en main, les fils des Jagellons.

Aux murs de Constantin quelles têtes sanglantes
Rougissent le palais des Voluptés tremblantes ?
D'un infâme traité je reconnais l'auteur [2].
Au-dessus de son front Némésis vient d'écrire :
   « Il a trahi l'empire,
« Et sa tête a volé sous le sabre vengeur. »

[1] Catherine II. — [2] Le prince Panojotachi Morouzi.

Cependant le soleil, reculant sous sa voûte,
Fier de voir un héros accompagner sa route,
Ainsi que les torrens, enchaîne nos soldats.
Mais le géant des cieux, sur sa trace enflammée
    Ramenant notre armée,
Va refouler le Scythe en ses affreux climats.

Encore un peu de temps, et l'Espagne mourante
Dans les perfides bras où se mit l'imprudente,
Verra fuir, Albion, ses malheurs avec toi ;
Et chassant de ses yeux un funeste nuage,
    Verra briller l'image
Du bonheur qui l'attend dans le sein de son roi.

Sous le char du soleil ton prince reste encore,
O Lisbonne ! craint-il qu'au Tage qu'il implore
N'arrivent avant lui nos étendards vainqueurs ?
Ou bien préfère-t-il les déserts des sauvages
    A ces affreux ravages
Que sur tes champs muets étendent tes vengeurs ?

Londres voit fuir cet or où son espoir se fonde :
Nos lois, comme les flots, la séparent du monde ;
Nous livrons à Vulcain tous ses vains ornemens :
Pour les vaincre, il suffit d'abandonner ses îles ;
    Et de ses arts stériles
Ses peuples affamés brisent les instrumens.

Fier Anglais, vois, du sein de ta fausse richesse
Et des biens dont l'amas te remplit de tristesse,
L'horrible Banqueroute, immense, s'élancer.
Ce monstre, dans ses bras allongés par la guerre
      Étouffant l'Angleterre,
Vengera tout le sang que ton or fit verser.

Penses-tu nous lasser à force de tempêtes ?
Nous savons que la Paix, objet de nos conquêtes,
Habite au haut d'un mont difficile, orageux ;
Nous gravissons ses flancs ; et, si près de la cîme,
      Peuple pusillanime,
Nous ne trahirons pas tant d'efforts généreux.

Déjà de ta grandeur les Français et Bellone
Ont sur le continent renversé la colonne.
L'Elbe a vu son rivage envahi d'un seul pas ;
Et le fils de ton roi, courrier prompt et fidèle,
      Lui porta la nouvelle
Qu'une invincible main avait pris ses États.

C'est peu : de l'avenir, couvert de voiles sombres,
Quelle main devant moi daigne écarter les ombres ?...
Je vois, je vois porter les plus terribles coups !....
Le navire en criant heurte et rompt le navire,
      Et de l'humide empire
La foudre embrase au loin les plaines en courroux.

Devant nos rangs paraît un héros formidable.
Tremble ! au dieu des combats son nom est agréable.
L'Impie avait brisé le joug religieux ;
Mais lui, devant son Dieu baissant un front fidèle,
 Réunit par son zèle
L'empire de la terre et l'empire des cieux.

Oui, ce Dieu le protége : au printemps de sa vie
Il le guide en Europe, en Afrique, en Asie,
Lui soumet l'Éridan, le Nil et le Jourdain.
Du haut des monts altiers où le porte son aile,
 Sa colère mortelle
Le jette à Marengo comme un foudre soudain.

Lorsqu'en nous arrachant nos poignards homicides
Son sein fut menacé de leurs coups parricides,
Dieu mit son bouclier sur ce sein généreux.
Quand la flamme d'enfer embrasa son passage,
 A travers le ravage
Il l'emporta vainqueur au milieu de nos jeux.

Ce Dieu veut par son bras venger enfin le monde.
Regarde son épée en victoires féconde
Sur tes vaisseaux brûlans multiplier la mort.
Ses fières légions dévorent ton rivage,
 Et d'une autre Carthage
Cet autre Scipion doit terminer le sort.

Peuples, le voyez-vous ? poussez des cris de joie !
Pour nous rendre un héros la voile se déploie ;
Il vient : dans Londre en flamme il a brisé vos fers.
Du haut de son vaisseau caressé par les ondes,
    Il présente aux deux mondes,
Dans ses bras triomphans, la Liberté des mers.

FIN.

www.ingramcontent.com/pod-product-compliance
Lightning Source LLC
Chambersburg PA
CBHW061744180626
46818CB00006B/2749